Lo mejor de ti

Ganar o perder

Kristy Stark, M.A.Ed.

Créditos de publicación

Rachelle Cracchiolo, M.S.Ed., *Editora comercial*
Conni Medina, M.A.Ed., *Gerente editorial*
Nika Fabienke, Ed.D., *Realizadora de la serie*
June Kikuchi, *Directora de contenido*
Caroline Gasca, M.S.Ed., *Editora superior*
Sam Morales, M.A., *Editor asociado*
John Leach, *Editor asistente*
Kevin Pham, *Diseñador gráfico*
Jill Malcolm, *Diseñadora gráfica básica*

Créditos de imágenes: Todas las imágenes de iStock y/o Shutterstock.

Library of Congress Cataloging-in-Publication Data

Names: Stark, Kristy, author.
Title: Lo mejor de ti : ganar o perder / Kristy Stark.
Other titles: Best you. Spanish
Description: Huntington Beach, CA : Teacher Created Materials, 2018. | Audience: K to grade 3. |
Identifiers: LCCN 2018009327 (print) | LCCN 2018031010 (ebook) | ISBN 9781425826239 | ISBN 9781425826888
Subjects: LCSH: Competition (Psychology)--Juvenile literature.
Classification: LCC BF637.C47 (ebook) | LCC BF637.C47 S7318 2018 (print) | DDC 155.42/49--dc23
LC record available at https://lccn.loc.gov/2018009327

Teacher Created Materials
5301 Oceanus Drive
Huntington Beach, CA 92649-1030
www.tcmpub.com

ISBN 978-1-4258-2688-8

Dos equipos juegan.

Un equipo gana.

Un equipo pierde.

Diviértete.

Apoya a todos.

Haz tu mejor esfuerzo.

Intenta de nuevo si pierdes.

Sé amable cuando ganas.

Sé amable
cuando pierdes.

¡Todos jugaron muy bien!